雨水直接打进眼睛

叶青诗集

叶青 —— 著

后浪出版公司

四川人民出版社

谨将此书献给挚爱的

女儿 姐姐
叶青

母 刘永贞
妹 雪意

目录

强壮的日子 / 夏宇 _1

序 / 王楚蓁 _5

1. 折磨 _9
2. 来临 _10
3. 跟随 _11
4. 草稿 _12
5. 之后 _13
6. 一天 _14
7. 进行式 _15
8. 下雨 _16
9. 实话 _17
10. 拼凑 _18
11. 茶 _19
12. 戏 _20
13. 反义 _21
14. 不失恋间奏曲 _22
15. 投影的准确性 _23
16. 因果 _26
17. 无 _27
18. 好天气 _28

19. 斑马 _29

20. 不爱 _30

21. 哄骗 _31

22. 夜半 _32

23. 抹茶 _33

24. 迷惑 _34

25. 抹茶（改）_35

26. 计算 _36

27. 乱语 _37

28. 而且 _38

29. 秘密 _39

30. 那天 _42

31. 期待 _43

32. 自欺 _44

33. 无可 _46

34. 一点理解——给小小 _47

35. 长久的一种形式——给小镜 _48

36. 忘记 _49

37. 茶友 _50

38. 布拉姆斯咖啡 _52

39. 无声 _53

40. 暮年 _54

41. 宣纸 _55

42. 父亲情人节 _56

43. 被迫当场挥毫的啦啦啦 _60

44. 深夜喝茶 _61
45. 烟的眼睛 _62
46. 无题之二 _63
47. 太迟 _64
48. 为了剪接 _65
49. 不 _66
50. 无言以对 _67
51. 漫长等待 _68
52. 明日 _69
53. 妄想 _70
54. 双脚 _71
55. 换句话说 _72
56. 你没有说出口的话 _73
57. 雁月 _76
58. 底 _77
59. 割破 _78
60. 无题之三 _79
61. 你的锋锐 _80
62. 处处 _82
63. 久违 _84
64. 游戏 _85
65. 果实 _86
66. 失去的 _87
67. 春天不来 _88
68. 即景 _89

69. 苹果 _82

70. 像是 _93

71. 颠倒 _94

72. 变了样（歌词）_95

73. 狂想 _96

74. 拌嘴 _97

75. 你的死去 _98

76. 明天 _99

77. 不存在的事件 _100

78. 你的恋情（歌词）_101

79. 吻我 _102

80. 卷烟纸 _103

81. 生活 _104

82. 沮丧 _105

83. 人皮面具 _108

84. 四月五月 _109

85. 一起写诗的朋友——给谬 _110

86. 南极 _111

87. 失眠 _112

88. 结局之三 _113

89. 你来 _114

90. 苦雨 _115

91. 烟瘾 _116

92. 来 _117

93. 记得与不知道 _118

94. 晚上十二点整 _120

95. 味噌汤 _121

96. 沮丧（新）_122

97. 没有 _123

98. 影子人生之二 _126

99. 你的锅子 _127

100. 宵夜 _128

101. 播放记忆 _129

102. 沙子 _130

103. 讯息与回复 _131

104. 夜雨 _132

105. 最后一日 _135

106. 执迷 _136

107. 来不及 _137

    这是我的个人版吧（碎念）_139

补遗

108. 影子 _143

109. 橘子 _144

110. 你是我的梦 _145

111. 无感觉的幸福 _146

112. 假动作 _147

强壮的日子

挽歌赠叶青 / 夏宇

混了你的药你用那些诗
你微笑了你的睡眠是你的语言
只能去得很深为了庆祝生命
日日混着你的诗你的字你的药
你做了记号你狂爱着你睡觉

不可能更快乐了　她走向河边
口袋里装满石头 "I feel certain that I am going mad again. I feel
 we can't go through another of those terrible times[1]."
你混了你的药用那些醒　你记得身体
发疯地摇动你记得你一次两次三次地叫喊
我爱你我爱你我爱你[2]

1　I feel certain that I am going mad again. I feel we can't go through another of those terrible times. 为 Virginia Woolf（1882—1941）遗言
2　叶青（1979—2011），得年 32，留诗近千首，尝言我的诗删去一切赘语只剩三字我爱你

日日烤出来的面包何曾重复
夜夜相见相亲之人但愿不老
可你再也不想回收这个时间了
我知道你想说的是你让了
所有你爱的因为一切都难以置信
没有一切比这一切更好
更无效　混了时间
你用了药

There's good in all of us and I think I simply love people too much, so much that it makes me feel too fucking sad[1].

你知道先走的人变成永远
活下来的人只能违背誓言
违背那种但求一快
极端生之忍耐　你混了你的药
用那些疯狂　你混你的爱
用那些药

---

[1] There's good in all of us and I think I simply love people too much, so much that it makes me feel too fucking sad. 为 Nirvana 主唱 Kurt Cobain（1967—1994）遗言

你混了你的药用那些诗
你微笑了你的睡眠是你的语言
只能去得很深为了庆祝生命
日日混着你的诗你的字你的药
你做了记号因为你狂爱着你睡觉

一个个强壮的日子仍然等在前面
像刚烤出来的面包一样诱惑
我从来没有见过你
但我们一起去了一首诗到达的地方
在那里相视大笑
我们也在另外一首诗里遇见
然后分道扬镳

序

王楚蓁

人是蜗牛　壳是空洞徒劳的爱
有些蜗牛发生了一些事　之后
雨水就直接打进眼睛里

——叶青

　　自从叶青以写诗为生命主轴后，我们常聊起艾蜜莉狄金森藏诗的那道墙。彼时叶青对把生活孤注于诗句中仍感困惑，她欣羡"无为"的诗人和崇尚诗的"无为"。当叶青得知首本诗集《下辈子更加决定》将付梓后，心境上总算有个能天天写诗的安心交代，在往后的两个多月内密集创作了百余首作品。她辞世前嘱托不可将这些作品发表，并要我们如同风砂般忘却她/她的诗。如今我们不遂其愿地将继续思念，也不遂其愿地将这些作品集结成《雨水直接打进眼睛》，既是风砂，应遍布处处，聆听回声。
　　叶青是个殷勤的写诗人，有灵感的时候她二十四小时写着，没有灵感时，也是二十四小时开着电脑，写下没有灵感的困顿。在以生活悲剧为素材中，多数作品都关乎她个人的生活，无论是失恋、生病或是纯粹的孤独；直陈着大量的烟、酒、茶、咖啡、雨、音乐、错误和永远等质朴的隐喻，她的诗作贴近着众人皆惑的爱情和生命主题，绝非为诗而诗的无根之花。在《雨水直接打进眼睛》这本诗集中，还收入叶青后期写的歌词化和散文化的诗，对她而言，舞文弄墨和人一样过境千帆，选择留下轻描淡写（understatement）的深沉忧伤：

最后一日
我感到哑
这世界已经有太多声音
我听不见自己
也就聋
明天是众人的
而我的昨天
此刻还属于我
我要捏着它在怀里
睡去

在追思会上，我们的高中国文老师彩绸想起几年前叶青来找她，谈起生病后的心路历程，就像叙述着一件他人的小事，这种刻意疏离让旁人听来更为心疼，也许是天秤性格的叶青不擅于处理最巨大的冲突点——自己，只愿让众人各执拼图的一角，在她离世后想方设法找出全貌。我认为只有她的读者能拿到最大片的真挚浓烈，因叶青在诗里，是无所闭掩的她。叶青在二十岁时躁郁症病发，在长达十二年的病史中，对于生活种种细节的诠释，已脱出常轨，诗成了唯一能翻译她难以道出的世界之媒介，也是诗接受了她不被世人接受的矛盾与狂躁。因此尽管叶青的聪慧过人、同志身分、躁郁症和离世可能为她的作品平添一些讨论和想象，都不比读她的诗更真实。

如果用一词说我认识的叶青，只能是"多情"。她爱情人、爱朋友，又爱诸多嗜好，以各种人我人物关系寻找自己的价值，在那路程中显现的"求不得"恐惧构成心底幽暗的洞，越多情越难补。从高中甚至更早开始，叶青不断地深刻恋爱，然每一次的离别，就更促使她着迷或转移。她台大毕业后逃避或不屑社会应然，深信只有爱是她一路追寻的最大认同，却对此无能为力，困在无爱的迷途中。她愿意花上大把时间为朋友奉上一首抚慰的诗，替别人寻找一条可能出路，忘了多留给自己一点。三月时她写了一封信，大抵说的是台北的春寒料峭："今年好像四处都非常冷，我温暖地待在房间里煮咖啡给自己喝，还能烧水喝茶，朋友如你，却是无论如何都得去上班，忍受谩骂是为了什么呢？为了生活我们'应该'付出多大的代价？这好像是年届三十的我们，必须想的事情了，很期待你回台湾，到时候我们一起来搞一番事业吧！"我读信以为她能原谅这个时节不堪忍受的冷，还能提出搞事业等一些外在盼望。如今重读一遍《雨水直接打进眼睛》才发现她早已又冷又累。

无限依依。叶青不知道，春天走了，夏天来了，但今年没那么热。

此致叶青离开后的三个月，吹拂着漫长夏日的凉风和风里的砂于内蒙古赤峰

1

折磨

你破了
碎片是否属于我
这不重要
我看见了
我会保存这个

2

来临

你不知道你很少
夕阳每天雨偶尔末日有时
虚构失去以后
回去是不可能的想念
一阵绝不存在的风雪中
我们各自等待不会到来的到来

3

跟随

送走你以后
没有看见任何的以后
是不一样的
你无所谓地离开这世界
比明天远　比今天近

谁治疗你藏得太深的地底湖泊
填补是不行的那土脏
水流掉是不行的那更失去
无可一切　奈何所有

桥在前面　你自己走
断裂掉落　我会忘记自己
你知道这个就好

4

草稿

没有可聊的尺和自动铅笔还是写字给你

因为能说的话当着你的面　都说完了这很正常

其它不能说的你已经知道什么时候你的雨会藏起来

落下　包围我们这种日子就不要散步了

拿出香槟杯喝粉红色半苦甜的缓慢晕眩

任意倒不完的真实气泡上升到酒的表面一阵停留被唇舌饮下

空瓶不用留着　有新的会过来

不来的时候只剩下想　我也是　不总是有你不确定你

轻轻松松说自己多余的绝望　你明白而无法勉强

心意由不得谁擅自敲定　错的　答了也无用

很长这些告白不到尽头不值得相信

终究必定的来到最后一行了我大概是不爱你的才会一再遇见

是你或不是你的烙印

5

之后

身体放松之后
伸出暖暖的触须跟着你也不跟着你
冷雨落下　你继续走在光晕里
远了　知道明确的温度是我是干燥是平坦

6

一天

骑几个小时的摩托车穿过那些风声
一点点下午的鲜冷阳光
寄掉给你的信
影印与你有关的诗集买了
牛皮纸袋是尚未封死的未来
纸烟是必须维系的呼吸
在光的掉落里　吞下安静的罐头拌面
有时候明天很远
听你的声音你不在
茶很烫口慢慢写着这些还没寄掉的琐碎

7

进行式

天气大好但
哪里也没有去
不希望谁来
你反正就是在你在的地方
所以又抽很多烟听你以前的话
现在　是这样子了

8

下雨

雨下得太大了
我们先不要走
"水掉光就没有水了。"
我这样哄骗你你接受
我们躲雨　靠得很近
各自想着上一次的吻在哪里

9

实话

纸抽出来就能写你

没这回事

很难　像现在也不是空白

夏宇说橘子的味道

只能说是有点像　橘子

那只有你像你而想念像想念了

我们的分离是单纯的

你不爱我

我无法这样　所以喋喋不休地写

写了好几次想念在诗里

但想念只有一个　什么也不像它

你可能辩驳　那不是真的我根本不了解你

是的确实如此

你不是橘子口味的海绵蛋糕

因此我必须承认

我不爱你

10

拼凑

白纸你写满了繁盛的眼泪

你是这样的果实

永远来自寒带

温度无数的每天还在伤害声音

没有了过去

辨认谁的话　原本的颜色是徒劳

现在　就是白纸又在你面前

11

茶

狠心扭曲你灿烂纷纷的外表
——放进格子里熬干放凉
它们　茶叶一般乖巧
我烧水就有得喝
细心斟个几杯
独自度过深夜的深信白天的白费
不想你

12

戏

几里路的幻觉无数
冰冷的大雨落下

独自行走其中
以为被你包围

浑身湿透拧出袖子的水
以为这双手是你的

看见远远的屋檐
以为你撑伞等我

不堪狼狈　空无一人
错想太多　发现太迟

13

反义

锄头皆已腐朽
茅屋转作古迹
现代的田园承认了
自己是农作物工厂兼慢活去处
于是最后的田园诗
在旧书里　沉默度日

14

不失恋间奏曲

首先　把眼睛闭上
好我知道你会看到她
那张开　看这图
风景画　我知道你想跟她一起去里面
听音乐好不好　不是让你哭的情歌
爵士乐很放松的
完了你又下意识点起烟以为有酒
我都知道
你问我为什么全部猜中是什么神准的心理分析吗
不是　我就是你　你就是现在
正在写这首诗的我

15

投影的准确性

你洒下一颗一颗的语言引我
走进海市蜃楼
你精心的投影重叠了
一座沙漠中废弃百年的古城

我伸手有触　侧身有壁　仰卧有星
唯独泉水到口是尘
尘土漫天盖地以为最像你的暖风光临了
身体渐渐干枯而快乐只能用整个世界去呐喊
步向必然的死　感到终于明白这才是人生

如今我确实失去了生命
不过　死亡本来每人必逢　也就无妨了吧

16

因果

觉得痛所以需要痛
就划了几道刀痕在身

觉得需要所以要
就要到了些感觉

感觉太深所以更深
就失去了以后

以后很远所以不肯走
就留在原地　看见你

看见你所以再度觉得痛
就算了什么也不需要了

17

无

没有表情可以给自己了
仍旧抽烟
一根一根烧掉
不知道想不想念你的时间

18

好天气

很多话例如留下来吧不要转身离去是不可能说的
根本你也不在眼前完全听不见这些
像是恳求你爱一点点我的无效抵抗
今天又是好天气了树在阳光里站着
半透明的各种绿色并不说明什么
你在就指给你看那成群的沉默
以及我们也感觉冷的风的动摇

19

斑马

磨刀霍霍用字杀死你的诗
你的锋锐一再逼我逃往东市西市
最后就擒　变成你的辔头鞍鞯
牢牢勒住你要的爱人
他听话了陪了你走你的天涯征战
当你们相遇我破败似破败铁甲
多余如夜半梆子打更声
远去是职志从未能完成
物品亦无眼泪　连心情也无

20

不爱

永远太疲倦
不再太绝对
爱你太遥远
所以永远不再爱你了

只像大雨一样
偶尔就湿透了
雨是不彻底的洪水骤然降临整座台北城
那些　有云的日子　似乎你也在左近

21

哄骗

你在红色的上面打叉
表示我是错的人
眼前一切只是火
燃烧热烈但马上就要成灰

你要的正确答案
后来我找到了　花很久时间走很多根烟
在山的另一头
你不知道那在哪里

不过我熟得很
你不必担心
明天　风沙会卷我们去
记得衣服多穿点　就可以上路了

22

夜半

影子走过去了
光走过去了
烟雾走过去了

这又是诗的谎言
其实它们都没有脚
影子钉在我身上　哪里也去不了
光傻傻地亮着　从天花板的灯泡里
不停地落下来
烟雾从烟头冒出来　逐渐填满空洞的房间

我呢　当然的我抽烟　这刚刚已经说过了
日复一日　喝大量的茶　想大量的你

茶喝得太多　睡不着　导致想了更多的你
想太多你　感觉相当之愚笨
因为你根本不知道我永远不走过去
你过你的日子
什么都不会走过去

23

抹茶

这些日子以来　我苦心练习刷出抹茶的泡沫
希望它不要消失　停留在茶碗里　变成绵密的甜味　让你
　　喝下去　然后笑
反复数十遍之后我成功了　但你不见了　再也不出现
现在　一碗充满细致泡沫的温热抹茶　就摆在我面前
浅绿色的　像一种无辜而脆弱的心情　不能端去给谁

24

迷惑

咬住你的唇像咬住一个什么
你心里想的是葡萄
外面是皮而内里柔软　汁液酸甜诱人
你偷偷酿酒在你的舌头上
我理所当然地醺醺然了
口齿含糊不清
只想喝更多的吻　醉更多的你
什么是问题什么是答案都明天再说吧

25

抹茶（改）

你消失了
我苦练许久　刷出的一碗抹茶
浅绿色的　像一种无辜而脆弱的心情　不能端去给谁

26

计算

数算不完没有你的日子
所以反过来算　有你的日子
一算就傻住了　想到你的样子我只会发傻
醉了一样　根本没办法继续

27

乱语

动情激素骚乱的时候　我们就说那是喜欢
喜欢的时候　我们就说那是爱
所谓爱情　其实都是幻觉
我这样说的时候　你知道一定又是你不理我我在赌气了
那到底爱是什么
你笑的时候　全世界的光都要融化
你不开心了　最好的风景也顿时失去颜色
你说我又来了　尽说些傻话
不说赌气的话也不说傻话　难道我能吻你吗
你别过头　意思是太快了吧怎么这么急呢
你不明白的是　我的等待不只是空白
我在等待里搜集了好多好多你的样子
我没有熬炼它们　这不是诗
它们只是纯粹地在我身边　在你不在的时候

28

而且

关于尚未到来的后来　什么都早已埋葬
涂改不了　某情境之下的某种失去
破损是已经走过的走掉　昨天都是一些而且
我爱你而且非常爱你　你包围我而且我极乐意被你包围

29

秘密

彻底的黑色的抱歉真的没有办法不这样
在柔软的里面溺毙　明确地受困于难以抵达的你
不要再度年轻　绝对不要全部洗掉重新录制
世界是对的　只能犯罪一般地更加隐秘埋藏　那些没有发生的事
只有风看见了　也就等于是什么都没有看见

30

那天

一起散步的那天
一边和你讲话像是正在写信给你
是的　永远不能再见面的那种信
未来的破洞就在眼前就是你
我拿出好多的"已经"想补起来
结果我被杀死
被那场散步杀死当场
就同时失去未来　过去　当时　现在
的我和你

31

期待

人世的结果　很难面对
我们的以前　像是很多　又是太少
要再复习一遍　没有这个机会
你是我一直想要的
我把自己彻底清洗了一番
时时想着:"要变好!"
对于那些保卫你的念头　没有那么执着了
你是好的　你会好好的我担心还是派不上用场
没有拒绝什么因为你不让他们有机会被拒绝
最后　还是只有我们两个　留下来
看着看不见的风
看得见的世界
不需要面对面　也记得对方的样子

32

自欺

没办法看不见

你的放弃

当我想要捞起你

我们心知肚明　这个世界到处都是水

当那些纷扰一片一片地过来

这世界也一片祥和

无知之下藏着多少的伤害

我们可不可能长出翅膀

每一句现在的话　都被放在手掌心看见

念头　会在梦里面成熟　结出果子　然后消失

我们都会忘记吗　那些

极为痛楚的铭黄色　梵谷已经表达过了

我们笨拙　连说明都说明不了

如果等待太无谓

可是　等待是我们的本质

心脏突的一跳没有用

都是笑话给我们自己日后慢慢地苦笑　或者甜甜地傻笑吧

柔软是别人的专长
在切断之后他们随意变形
什么都不算数
在之后的之后　也就是　简简单单的　现在
一切尚未落幕的　也就算是　落幕了

33

无可

像得很　那束头发你剪给我的
都一样吗女人的头发　不是的
往日度过的那些一起
现在都变成窗外漫长告别的夕阳
太好了　也像是假的
云的旁边是悲凉的风　这才是理所当然
我知道　你觉得过分的幸福是幻觉
到达不了爱
连遗忘的重量都没有
你的眼睛看着远方　脸上有着我不明白的坚决神情
我洗刷多余的念头例如永远
每次　只要是每次就好
给我你的手　当天色转暗

34

一点理解
——给小小

恋情都成灰了
你是不喝酒的　从来不抽一根烟
迷幻或晕眩是一时的　习惯了　当作是呼吸一样平常的事情
我们这种随便亲吻过很多人的人
也在静静等待一种平静
目前　得到什么　就当作是对的

久别长谈都是旧事新改版的某种受困
你挣脱你的我挣脱我的
我们没有能够是彼此解开死结的手
那天　我懂了
就这样子继续到底吧　不知未来的人生
很想告诉你但觉得你早就知道

你早就知道地板很脏要擦一擦才能坐下
混浊的烟味我点燃了又抽上一根
不在你的面前这样做　因为你会说　要保重一定要好好活着

35

长久的一种形式
　　——给小镜

迷幻的水蓝色　和一种坚硬的石头色
本来就并存于　永恒的风景里面
只是后者有时像是藏起来或者
你可以说它是内容物　在雾里　会看得更清楚
更靠近一点　那颜色渗出冰冷　以及一种长久的遗忘
说得太多就要错了
所谓界线　里面是白色或者是悲哀
去找谁来知道呢

至于他们总说桑巴舞才算热情　这种老梗无聊的话
连醉鬼的胡言乱语都比不上何必去听
听你的音乐吧　跳你擅长的舞　跳完以后
深深的瘫软　看见了后来的人
有你很熟悉的味道　但很难说清楚一些埋藏
比如说四个条件其实是事实　也完全是障眼法
我哪里有办法帮你找来什么　够对的对与错
你看见并且知道　我们都在迷路但并不迷惑
会有那么一天　我们能够微笑
看着对方找到了绝非句点的终点

36

忘记

再也没有　你的吻
很远　是很甜的吧
那味道　我想不起来

37

茶友

天底下的人　倾向于
养一只狗　娶个老婆生些孩子　过这种日子
你贩卖一种过去的煎熬
抄起一把沙子　倒到酒里面　然后喝
像个失意潦倒的先知
偶尔你发出声音　碰触到很低的地方
不怎么流泪　虽然你忘了怎么活
梦是无关紧要的　你咬着牙这样说
我听见　不说什么

我们煮了些茶　也是喝
没有牛奶和糖　并不苦和任何东西比起来
都是甜美的　茶里面有一种令人掉落的力量
和整个世界断裂开来　入口的那个瞬间
一种海洋似的沉默蔓延开来
我被你卷入这个神秘仪式
首先要放弃回甘这些琐碎的语言

再来一些温热并且细致
才算开始
代替人世间许多复杂的事
你这样教我

38

布拉姆斯咖啡

有了翅膀以后　得到了微风
不需理会如何把持住自己
再灌一些黑色液体到躯体里面
如此这般　无论现在是几点　都算还早了

这些公然的秘密并不共享
不耽溺个三年五载的人　不会懂什么是从此
沦落而且松开来
不再被一种物质性有时候也精神性的绳子绑住

意义像白陶制的杯子一样　入手温婉但易于破碎
一滴一滴的安静注入你我
在休止符里听见最决绝的爱情
再煮一杯悲伤吧　朋友
我要不带苦味的那种

39

无声

放凉你的表情　不写你的眼睛
一根一根点起烟
斟个几杯酒
以为沉默可以度日
白费完各种半透明的白天
听物品的声音
感觉冷的风的动摇
很多话不可能说
例如

40

暮年

颜色要多深　才够是一个夕阳
还是抹上某种心情
例如残缺　或者放弃
就可以站着　看它　也不移动
而冷逐渐扑上身来

41

宣纸

你知道的　磨了墨　就得把墨汁用完
你抗辩　说为什么写诗给你要特地拿毛笔出来
搞得现在　得没话找话写
我放下笔　深呼吸　你根本不在这里啊
我只是　就是　太想念你而已
想念你没办法好好做事
所以

42

父亲情人节

那些因为爱而带来的重大伤害
有些时候我们也仿佛置之不理
埋头吃饭　饭是你一天工作十六个小时赚来的
所以涩口　不容易吞下去

我的梦想很沉重　你粗粝的手掌托着它
我嫌不够舒服　想买张飞毯你说好
后来飞毯被我用得破旧了　我塞进衣橱的最角落
心想下次买台车比较实际

我四处走走而你一直待在同一处
我住在你买的房子嫌它总是漏水
你说　不要要求这么多吧　别人家的孩子都在租房子

那些因为爱而带来的重大伤害

我一直记挂在心里

直到三十三岁了还像个孩子

在人世的游戏里　被打了心有不甘　一直讨糖吃

只有更多更多的糖能让我开心起来　笑

你默默递给我一张真正的钞票　让我自己买我爱吃的

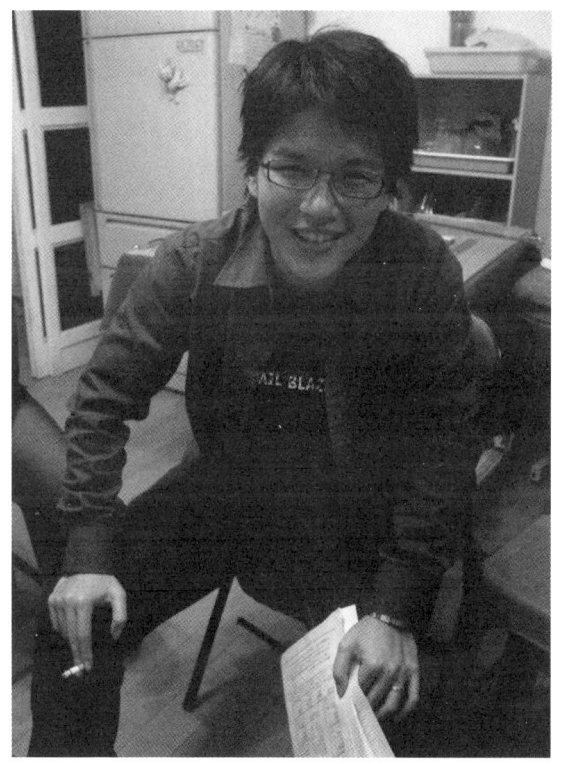

43

被迫当场挥毫的啦啦啦

你要逐字拍下这些字的足迹
每一笔
当然我很希望这是一场暴风雪
满满的灵光铺满了纸
连格子都阻止不了的十四级瞬间阵风
万物的轮廓顿时分明　颜色是唯一的洁净
而事实相反　什么都不肯浮现
只有几行冗赘的黑字　在白纸上一起罚站
看起来一脸委屈
其实啊　相亲相爱地挤在一起
它们就高兴了

44

深夜喝茶

很深的深夜　雨的声音停了
我烧水　冲了一杯春摘大吉岭
色彩斑斓的奇异茶叶　是初春高原上冒出的嫩芽
没有原因地
这杯茶的味道像你　香气像你
连波光粼粼的碎金黄色　那颜色也像你

45

烟的眼睛

你决心告别过去的什么
你觉得不应当流泪于是
点了烟低头写字　一阵
浓浓烟雾　熏了你的眼睛
明确的一滴水从你的眼眶里面流出来
我知道那不是泪　你只是
眼睛自己感到辣了些

46

无题之二

我爱你是一连串夹七缠八永远说不清楚很难明白可能最好就
   不要懂了的爱你

47

太迟

痛吗　在陈年的伤口上布局
为了引诱懂的人走进来自己里面
一个明白的眼神可以治愈什么
你说　早已　早已远去了
我终于知道这个不痛是假的
早已的　是你放弃期待　走进来的人永远不走掉

48

为了剪接

有一种动作是　慢慢叼起一个字　或是拥抱一场漫天大雪
能够找到什么新的吗　她只认得她原本就认得的　于是把吠声
　　给了天空
顶好是与一个人擦身而过
无用的太阳落下　太耀眼
一是忧愁　二是身体　三是过去　从四之后　就没有了
上面传来一点声响　模糊的　和哪一天也很相像
今天的事情　今天的心

有一种动作是　一点点的懂　和不能痊愈
做一只蜗牛的困难很少人明白　伸出去　和死的命中注定
在星星上打一个甜蜜的红勾　白色的风　无声地躺进去
剩下一双手的背影　酿成了她的缓慢
可是还不知道　水杯在哪里　早已不喝酒了
剩下很多自己　感觉结束

49

不

永远不要说这个字
不可能　你马上就说了
那么　什么都好　什么都可以不
不要接上爱这个字　这样　可以答应我吗
不行　你说这两个字的奇妙笑容说服了我
使我明白了　你在假意骗我　好让我继续说更多话逼你就范
其实你不会的

50

无言以对

不知道要写什么的时候
什么都可以写　除了爱你
直说没有美感　而且太轻易出口
反倒像是漫不在乎
我应该写的是　我恨你正如
我恨那场散步近乎永恒
我们在脚步里说过的话遇见的风景
怎么都成了紧箍咒
一想　明明不是实体的思念就疼痛不止

51

漫长等待

只等个几秒　都很漫长的那种时候
你迟到了一个半小时
等很久了吗　你笑着说
一点也不　我这样回答
并非骗你只是
我不知该怎么掩饰
那些痛苦带来的剧烈快乐

52

明日

明日是整整的二十四个小时
崭新的尚未开封
我会想到你　这是必定的
我会因为想到你而什么都不能做　去做一些别的
我会做一些别的　然而还是想你　不能停止
为什么我能够知道还没发生的事
因为　这样子的二十四小时　已经发生很多次了
只是你不知道而已　你会继续不知道而我会继续如此
你甚至没有感觉　因为我什么都不会说　只一直写诗

53

妄想

幻觉是不断重复的你

我兀自把这个人那个人都当成你的影子

越来越像你　但终究都不是你

你很远　我胡乱猜测　说不定你就在墙的另一边做你自己的事

你早已没有音讯　我把落叶当成你悄悄写来的信

你拒绝了　我想　太阳下山　总会再升起来的

会的会的　有一天你会爱我的　我大声告诉自己并且设法不要
　　感到心虚

其实我知道　你绝对不会的　那就像

你　我　或者任何人　永远无法看到

北极星与南十字星同时出现

除非把地球剖开　那不就等于是　世界末日了吗

我找不到一把那么巨大的刀子　所以我只能　等待另一种末日

54

双脚

我的唯一同伴　你
陪了我那么多路
每一步　另一步　随我走遍每一个无怨无悔
忠诚胜过任何爱人的山盟海誓
到了最后的最后　世界多大是无所谓的因为
天涯很近　此刻很远　有你　我知道事情就是这样
我们一起痛恨的此刻　终将远离　千山万水　不过眼前

55

换句话说

朋友说我的诗总是迂回
不迂回的话
诗　只剩下三个字
我爱你

我爱你

我爱你

每一首都是这样
不断重复而且一模一样
这样不算诗
所以　还是继续迂回耗费很多很多的字吧

56

你没有说出口的话

你说:"你对我的喜欢,总会有尽头。"
亚热带的葱郁山林　顿时纷飞了大雪漫天
我折下一根冰冻的树枝　当作手杖　要走出广大树海

必须活下去所以我杀死了一头熊　用利刃般的薄薄石片
"所有的一切都会有尽头。"你早已听不见
走在雪深及膝的草丛里　我不断告诉自己

终于远远的风景里　出现了农妇殷勤照顾的葡萄园
她们见我憔悴　递来一整壶刚酿好的酒
囫囵饮尽之后　感到格外清醒
这时才明白了　你要说的话其实是:"对不起,我无法爱你。"
如此而已　于是我决心远走
杀死老虎杀死鲸鱼杀死南极的冰河　为了杀死你没有说出口
　的话

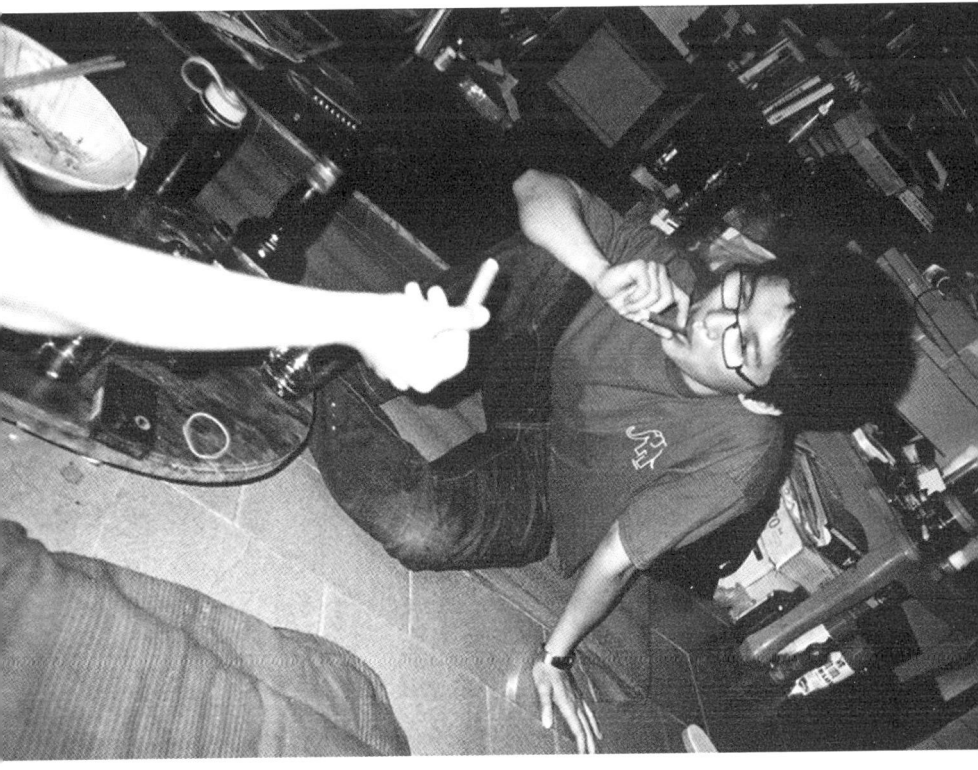

57

雁月

眼睛　无能为力的
那个月亮　微小而绝对无法捕捉
奇妙的弧度　割破了原本完整一片的天空
大概　长相过于熟悉　以至于屡屡逼近永恒
无论在哪里　都可以平伸出双手　作势与它比翼翱翔
其实是多年以前　暗暗刻在灵魂里　跟住了身体
一起踏过无数　满是露水的长草

58

底

漫天的黄沙　是静定的

车马凝结　干戈不敢动摇

你的所在位置遥远

任何一种力量

如果能够　将我移动到你身边

让我成为　空气　就好

我将皈依祂

被你自然而然吸进身体

呼出来以后　围绕着你　染上你的气味

维系你一秒的生命　这就是我　所想要的永恒

59

割破

密密麻麻的字里面
埋藏着你的秘密
我拿起美工刀
一个一个割破

将它们分解　企图找出暗码的规则
比如割开"规"这个字　再割了"念"和"说"
又逐一切开　你名字的所有同音字
最后颓然放弃

你的秘密就在这里　但我找不到
这样做　是不是绕了太大的圈子
我敢面对刀子的锋锐和刀后的结果
却不敢直截了当问你　到底
爱　或　不爱我

60

无题之三

别害怕　我不再爱你了
我的爱是洪水　你必定会没顶的　太多了
我的爱是猛兽　吞噬你　一根头发也不放过

现在　可以靠近我了　丢弃了
那些危险的念头例如吻你的狂热我用许多杯滚烫的咖啡浇熄了

日日夜夜来找我的　你的幻影　有她的去处
她将待在一个没有烟味酒气　洁净安全的地方
想她自己心里的事　无人打扰

61

你的锋锐

你踏过泥泞　走来
我伸出手　想拉你一把
你挺起身子　笑了笑表示没事的你可以的
我记住了你的那个样子
然后我们说了些话　分开　各自过活

几年过去　真正的几年其实很漫长
我偶尔想起你　更多时候想的是别的　爱情之类无可奈何的
　　事情
然后灾难降临　我受困于一个太虚无的概念

你又出现　这次仍然空手踏过泥泞
怎么你就不能　走在一条干净宽敞的路
你说　这就是人生哪
你伸出手　解开我身上那条罪名莫须有的绳子
我顺利站起来　但没办法对你笑

你这样　两度出现

像一把锋锐的剑插进我的心脏　两次

我毫无伤痕　只是记住了你的温度

你又离开了　没有你的事也没有我的事的时候　我们总是

　　分开　各自过活

我开始随身携带一把小刀

时时将它拿出来　反复打磨到　发出冷冷的光芒

62

处处

盯着一片空白的荧幕
里面没有你　但充满了你的意味
我咬着烟　点起火　像是在静静听你说话
那些话都是八百年前说的了　我知道
只是　你也不来说点新的　那就只能这样子

我煮了一杯咖啡　很乐意再煮一杯给你
但你比什么都远　于是我把杯子转了个方向
假装这杯就是给你的　很好喝　我刚刚偷尝了一口真的很不错

现在我脑子里只有一个念头　我想念你
就算我直接说出口　你也听不到　但我还是忍不住喃喃自语了
"我想念你。"

这种种愚蠢的行为　都是你造成的
我盯着字愈来愈多的荧幕　想着一些或许
或许吧　有一天你会明白　当我独自在家里　我并不是真的
　　一个人

63

久违

很远了你

你我身处同一城市但

你的星期天是我的星期九

我的午后雷阵雨是你的大好天晴

我知道你跟以前的你　很像

同一个模子铸出又遭到世界打造得灿亮

你几乎长出了透明的翅膀　飞翔在经常下雨的台北盆地

城市走得很快而我们不可以步履蹒跚

你的眼神静定

于是我不心慌

64

游戏

今天放假　我们来玩　把世界地图撕破的游戏
你不假思索抢了香港的脚步与脚步
那　我要巴黎的光线
你说布来梅的啤酒　杯子特别冰凉
我又想起巴黎的那一小瓶葡萄酒
你饿了但东京的拉面太大碗了
巴黎的鸭子很好　而且还有塞纳河景我说
这样下去没完没了　我们　哪里都没有去
而且也没有　在台北接吻

65

果实

草率地把心脏交给你

你假装它已经冰冷　随意放进口袋　走了

后来出了太阳　我出去晒　不感到热

我采了些植物　塞进那个空洞

回来的时候　你会看见　果实

虽然　形状不像了

失去的

我也　跟你一样　失去自己了
天蒙蒙地亮了　昨天　走了
昨天我们刻失败的那颗印章
就先收到抽屉里吧
那　我们的自己　怎么办　你说
在下一条巷子里　我笃定地回答
早晨的鸟在咕咕咕地叫　暂时　还没打算飞去和云打招呼
我站起身　指着不很远的地方
不累的话　我们现在就散步过去　好不好
自己和自己　就在那里等着我们
有时候　这是被遗忘了很久的事情
既然整夜没睡　不如我们就彻底地想起来　并且就　去找
其实很近　就像现在　太阳离那栋矮矮的房子　很近

67

春天不来

春天　不肯来就是不肯来
几月了都还是这个样子
寒风里　你紧紧拢住头发的样子
我用眼睛拍了下来
很多年之后　再冲洗给你　好不好
是不是就可以原谅
现在这时节不堪忍受的冷

68

即景

掉落无所谓
早晨风里彻底的爱
终于
火的味道深陷于风景中

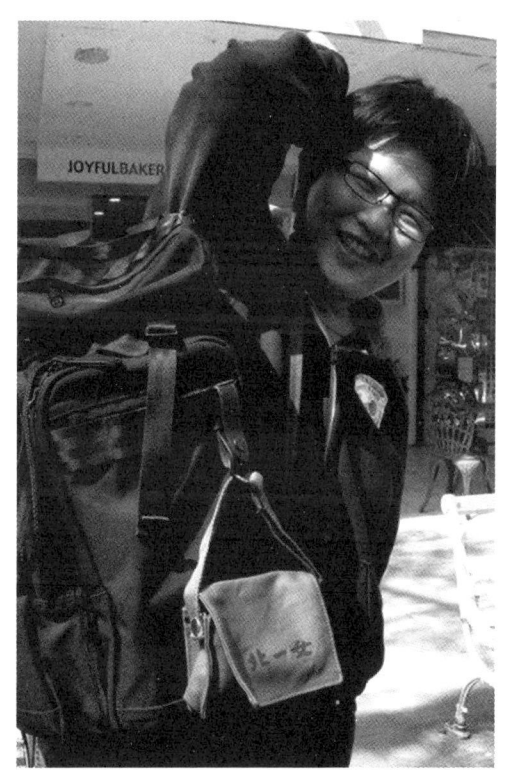

69

苹果

我们两个　就像一颗苹果
只能整口整口地啃
绝对不可以
切成两半
必定会变黄转黑
一切
开始无可救药地氧化败坏

70

像是

像是等下就要接吻一样仔细地刷牙但
只是煮了咖啡要独自喝而已
像是你很远但
我没办法离开　那个与你共饮的场景
像是一切皆无可能但
我手上的戒指过于　有存在感
像是这许多的像是　都只是我一厢情愿的想望但
我们之间　究竟有或没有什么　我　不得其解

71

颠倒

你把天和地的位置交换

伽利略说　重的东西和轻的东西　掉落的速度是一样的

因此我的明信片和你的戒指　等速坠落

天空是没有底的　它们一直往下掉到　完全看不见的深深的远方

草变成了　绿色的　长长的星星

湖泊是形状奇妙的　粼粼的太阳

这是什么世界？　我很吃惊

这是我的世界　你淡淡地说

一切都颠倒过来吗？　对

那很好　真是这样的话　你就会爱我了

72

变了样(歌词)

你捧着咖啡杯　在窗前站到天亮
咖啡里不放糖　她不在你身旁
终于还是出了太阳　你年轻的脸庞　看不出沧桑
一向都藏得很好　一个人的哀伤
清晨的风有点凉　你翻出情书读了两行
什么都会被遗忘　到最后只能这样想
这一切我都明白却不能打通电话　问你最近过得怎么样

说来话长　你一定淡淡带过　所有细节都没有心情讲
那些过往　没有人记得的话　就像不存在一样
我知道这种时候　没有所谓的坚不坚强
说好了同行的方向　另一个人出现就全变了样

73

狂想

想到老师你已年老而我还太年轻　有些事　快要来不及了
心里很慌　想设法弄来故事里的那种奇妙枕头
睡在上面　一顿饭的时间就能做完一辈子的梦

在梦里我要千山万水地　分别去找到李清照和李煜
无论如何拜托他们合写一阕绝妙好词
还有杜甫李贺李商隐　也都不择手段地恳求到几首从未传世的巨作

小说的话我打算　直接买来许多部经典
拿一把剪刀恐吓它们　命令那些字走出来
自动组合成一本前所未见的伟大小说

但这都是不可能的　太疯狂了这些烂点子没有一个奏效
我只能自己写　但这样永远是很薄弱拙劣的
狂想终究是狂想　我甚至没有能够　好好地写好这首诗

74

拌嘴

太阳出来又怎么样　不出来又怎么样　你没头没脑地这样说
不出来就糟糕了呀　天空都是黑的　农作物都不长大
但我不爱你　你不是也活得好好的　你丢下这句话　走了

75

你的死去

你　死了
不是概念上的　而是过世
真正死去使得我们的过去
被挖掉了一个人形
成为残缺的照片
我没办法看那些照片
也不克出席你的葬礼
因为那个　如今空掉的形状
旁边就是我
很多　以前的光穿透那个空洞照进我现在的眼睛
我睁不开眼
你从此缺席了　有你在　没有你在　都一样是没有你了
所以那些日子的我的存在　只剩恍惚

76

明天

你把我的明天扯下来
撕得粉碎
我无法阻止
于是去找了一卷透明胶带
蹲在地上
设法在今天晚上十二点以前
把明天粘成　至少　差不多是一整片的样子

77

不存在的事件

你说我没有穿越火墙也没有杀死南极的冰河
诗里写的事件　根本不存在
我无法反驳但是
好　那么你其实　连这句指责我的话也没说过
你一直　在另一个城市里　过你的生活
难道要我实话实说　承认这些诗是因为你才存在的吗
所以你不在那么远的地方　你在诗里　你在这里
你随时在　我的笔下　这就是　我们最最彻底的接近

78

你的恋情（歌词）

你说你不要放弃　她是你的氧气你没有她立刻就要死去
我说朋友啊　我们都已经三十一　人生还有很多意义
等着你相信与质疑　一个人的一　是所有事情你可以自己决定
包括那个还没出现的　你将来的唯一　如果你还有力气
在自己手腕留下狠狠受伤的印记　不如现在跟我一起
喝掉这杯酒我载你　就到每次都去的那个海边去

看夕阳与潮汐　这些不都很像爱情的譬喻
无限好的想起她的心情　来来去去的该死的一场一场的爱情
累了就是累了哪来这么多哲理　什么时候天有边际
爱就有谜底　在那之前你不要忘记　我一直在这里
你痛了我知道会陪你　你爱了我的深深祝福还是都会给你

79

吻我

允许我吻下去吧既然你完全不爱我
而我已经完全给了你　现在站在悬崖边了
这不是死皮赖脸　是一种必须的仪式
作为你彻底不爱我的证明我将干净利落地死去
比一个吻等于一个真实的人的死亡　更彻底的是
我早就知道你不会答应而我仍然愿意完成
这个不会完整的仪式
不要吻我吧　不要　请你务必不要吻我

卷烟纸

我什么都写不出来
在你说你不要看之后
天就黑了
我打开灯　在灯下抽掉一枝一枝的烟
一个字都不肯浮现了　它们全都逃到地球的另一端
太阳在那里　它们讨厌漫长的黑暗
这里　剩下我　和一大叠白纸
原本是要用来写你的
你不看之后
我想　那些纸只能裁成一小片一小片　用来卷烟了
做这些琐碎的事情　大概比写诗有意义吧

81

生活

什么是生活

生活是阳光　微风　雨和星空

还是美而美　便当店　晚上的异国料理和酒馆

或者　你爱我我爱你就足以把一切填满

你扬起头说:"你说的,那都是一些碎屑,我问的是真正的
　　生活。"

我伸出手　握住你的手　盯着我们两人的手说:"生活是这个。"

你摇摇头　笑了

还是不对但是　就算了吧

下次你如果问我什么是人生　我照样也会胡乱回答的

82

沮丧

你按了按滑鼠
网页里女歌手唱着她有多么沮丧
你说你出门上班前常常都这样
我不懂　因为天气这么好你这么好
没有太热的太阳风很凉适合没情没绪
慢慢喝一杯淡色的茶　用一种浅薄的意志闲聊
说我们俩都是月光族　我试着开玩笑
是李煜的月光还是德布西阿拉贝斯克组曲的月光
你没有笑　你习惯了我无意义的杂耍
我也习惯了你没有被逗笑像一瓶不打算被打开的
老柏根第在地窖里
无人闻问有时候是最好的我们都懂
但明天　太靠近了老是想贴到我们身上
让我慢条斯理调一杯名为遗忘的酒让它喝下
然后带你逃走　也不要忘记带几包烟
在路上抽假装我们在优雅地旅行而不是逃亡

83

人皮面具

你戴上你的人皮面具　在下班之后
你说　这就是
眼镜和隐形眼镜的道理

84

四月五月

他们说　我们是绝不可能在一起的
但是我已经先遇见你了
因为　你是四月而我是五月
夏天是什么　我们并不知道
只知道一种潮湿　在身体里面
不来也不去　宛如永恒

85

一起写诗的朋友
——给谬

你是会写诗的
所以这一切不如　从零开始
就像我们常玩的游戏　我第一个想到的是
那些抱歉的咖啡　对自己的苦心耿耿于怀
你不觉得这也像是一个隐喻吗
我们甚至反目为了　为了什么呢如今只觉得
阳光就洒进来房间了　谁还管昨天到今天之间也有夜晚
这实在是相当困难的　写诗给一个写诗的人
酿酒给一个酿酒的人　如果是我的话　会摆得久一点
并且画一幅简单的水彩画　贴在玻璃瓶上代替
满满是字的标签　所以写诗给你　应当买来三包烟
慢慢地抽完　并且录下一些声音给你
所以你将会听见清脆的键盘声　烟燃烧时一点点嘶嘶的声响
听这些声音又是为了什么　我不知道　正如我不知道写诗是为了什么
为了跟你玩耍诗的游戏吗　这样说实在太滥情了　我不是很喜欢
改天我们来研究一下　这首诗发生什么事了它怎么
很难结束

86

南极

你从南极打来电话
我急急大嚷　很冷啊不要出门你带的衣服够暖吗
我没讲完　你就挂断了电话
嘟—嘟—嘟—嘟—嘟—的声音是一种讯号
表示　我早就不是你所在的地方了

87

失眠

掌心托着一片不知道从哪里掉下来的绿色叶子

88

结局之三

划破天空以后
太阳就逃走了
黑暗黑暗黑暗黑暗黑暗
每天都是这样
人类终于死心
我也应该死心　就打开一盏灯
就把它
当作是你
这样不够
它必须是你
一盏灯随时可以打开
让我看得见东西
也看见　变成灯的你

89

你来

一种感觉　雨
从高高的天空坠下　落在发上
湿　以及被撞击
心里有数
是你来了

90

苦雨

今天早上的雨　稍微苦涩了些
昨天晚上的　略带一丝咸味
如果你也想尝雨的味道
就得把眼睛闭上　嘴巴张开头向上仰
站在　大雨之中
不要理会别人的眼光
也不要理会一滴一滴打在眼睑上
连自己都以为在流泪　的异样感觉
喝够了　用手抹去脸上的雨水时
记得要微笑　最好是甜甜的傻笑
否则貌似凄苦　又招惹来一些
无效的关心

91

烟瘾

终究我还是没有你　也没有纸笔
键盘上落满了烟灰　旁边是一只不干净的咖啡杯
三盒烟叠在一起　抽光了就
走下楼去买　买来　再叠在一起慢慢抽光　听起来有点像
懒惰的薛西佛斯其实没有那么复杂
那就是一个瘾　比如有一阵子
我着迷于
想念你
那也是一个瘾　但瘾这种东西最好的下场就是
被戒掉　我戒掉了　而仍然抽烟
抽烟　没有什么　因为它始终不渝地
在便利商店的架子上　等我　或者等别人
都可以　我也　都可以　哪个牌子并不真的那么计较
是烟就好　就可以打起火点着　烧掉一点点自己
烟的自己我的自己我们多么
相亲相爱你是不懂　我也　不需要你懂了

92

来

冰箱老是冰着那瓶特地留给你的
白中白香槟
已经不冷了是适合打开来喝的天气了
冰桶　香槟杯　四两的金萱
早就备办好了在我房间
我们的交情我
是不能说我在等你的
好像太不熟了又太肉麻了不是那样子的但
你不能仗着香槟可以陈年　茶叶可以久放
就这样子
那些人都来来去去把我家当很舒适的客栈
独独你这么久
不出现了
我甚至开始担心老
会不会下次见面的时候　我们又更老了一些
那现在这个年轻的我们　没有喝到酒这怎么可以
我到底要凑到多少借口你才会来
喝掉你的香槟拿走你的茶
老王　你不可以　忘记这些东西就算了你
把我一直放在我家

93

记得与不知道

不知道了　你现在比较爱吃饭还是爱吃面
以前你说　白饭是一顿饭的灵魂
咖啡倒是记得你的刁难
你要百分之七十的北义豆
加上百分之三十的南义豆　混成一种不存在
的中义配方

这是你觉得好喝的　还有我也记得
那两杯包藏祸心的调酒
现在我还是调得出来
但我们不能再见面了
因为你的样子　我还是记得太清楚了
那画面被什么刀子刻住了
足以阻挡时间的腐蚀你又
轻声在我耳边说话
说些什么我也记得

有些记得有些不知道的你
现在醒着　我知道你总是失眠
我最近也是　虽然这一点都不会
让我们变得比较靠近
深夜的深还是说服了我
凌晨四点的时候　想的事情

不多
你是其中的一件
这些记得与不知道是
另外一件
最后一件是终于　像你一样
我也失眠了

94

晚上十二点整

晚上十二点整
是今天的末日
什么都死去了
还好　我们
立刻翻开笔记本空白的下一页

95

味噌汤

电饭锅里两碗昨天没吃完的白饭
炉子上的鲑鱼味噌汤
方形的白瓷盘子
我们的生活也像淡淡的日本电影
你总睡到中午才草草梳洗
出门上班　深夜归来
我从大清早
就在家中呐呐抽烟
事情很少
不太确定什么时候会老
老的时候　想起这些日子
心情是不是反而满溢出来
味噌汤滚了
我喝剩下的一点点就好

96

沮丧（新）

网页里女歌手唱着她有多么沮丧
我们不要老是这样　不如没情没绪
慢慢喝一杯淡色的茶　用一种浅薄的意志闲聊
说我们俩都是月光族　我试着开玩笑
是李煜的月光　还是德布西阿拉贝斯克组曲的月光
你没有笑　你习惯了我无意义的杂耍
我也习惯了你没有被逗笑像一瓶不打算被打开的
老柏根第在地窖里
无人闻问有时候是最好的我们都懂
但明天　太靠近了老是想贴到我们身上
让我慢条斯理调一杯名为遗忘的酒让它喝下
然后带你逃走　也不要忘记带几包烟
在路上抽假装　我们在优雅地旅行而不是逃亡

97

没有

托着腮盯着电脑荧幕
画面里面没有你
这真是一幅很无聊的风景
拿起咖啡杯喝了一口
里面也没有你
其实
你就在隔壁房间的床上
睡得正熟
我想我也躺到自己的床上好了
睡去　做个梦
试试看梦里会不会有你

98

影子人生之二

你说　你要　休息
别跟你讲话　也不要看着你
这很难
因为云也有影子　而你有我
影子永远是
忠诚专一的
你愈明亮　我就愈深邃
你不时踩着我但
我喜欢这承担
有一天你若化成灰了
灰烬微微的影子　也就随你飞扬

99

你的锅子

都这么久了　你的
小锅子总摆在橱柜
的同一个角落
你拿它煮面炖汤
没有人想过锅子
会不会有一天就坏了
因为爱上了盘子　甘愿粉身碎骨
寻常的厨房哪来这么戏剧化的情节
锅子　有时是空的你有时　出门但
都这么久了　家就是家

100

宵夜

你饿了　你问我饿不饿　我说一点点
你把汤加热　装在小碗里
烤了吐司抹上花生酱
你要我待在房间里　说你会端进来
然后你就去煮你的面
我默默吃完这些　感觉也吃下了一部分的你
但你仍是完整的　在客厅吃着面看电视
我坐在地板上　点燃一枝烟　心想也许吧
也许我真的
应该戒烟

101

播放记忆

这样还蛮无聊的
在脑子里重复播放　那些画面
不是停格的　有你的声音
那些矮矮的路灯　旁边　我们走过去
我知道我抓不住一道光线更不可能拥抱你
云总是从很高的地方飘过去　即使是晚上
一个好的决心是　停止
不要　用现在的时间　回想过去的时间
因为这样　会变成两倍　三倍　那个过去
占据掉更多的人生　原本　就已经太庞大
所以　写一写就算了　不再想了

102

沙子

我们甚至不是沙子
被写上一些字　抹掉　就没有痕迹
不是　我们记得
像高楼　记得一场长长的雨

103

讯息与回复

也确实有等待的感觉
关于你　或者命运
其实是同一件事
所谓的遥远　是假的
一秒钟之内你就可以传来一个讯息
让我流出看不见的血
在眼眶里干掉
很快回复给你一个笑脸
表示没事　一切都好
比较复杂的是
我知道　你知道我苦
你还是这样做了
你知道我在等你　你知道你握有
我的命运　你知道那讯息沉重不堪
只是几个字而已　你知道我会咽下那苦
这些我都知道　而仍旧守在这里
等下一次的你　这个　你还是知道了

104

夜雨

五年之后　的我们
仍旧会喝着各自的咖啡
爱各自的人

没有交集的东边　就是东边
负责出太阳
西边负责落下月亮
两边距离　无限远因为
那是方向

（如果东边和西边合在一起　这世界就被压扁　不存在了）

但是现在都一样了
都落着一种　夜晚的雨
我是说　我这里
至于海的另一端有你
所以那里有没有雨　并不重要

或者其实很重要　这也要问你

我在这种深夜的雨里　如果想到你
想到的是　你这种　不擅长笑的人　的奇特笑容
如果你像我一样　想着过去
你是不是　只想到　总是伴随着我的　我的烟味

（那时候　我很想靠近你但是不能　于是　抽了很多根烟）
（烟没有比你好　可是　我不用担心被烟拒绝）

知道　那些都不是梦　又怎么样
现在还是一无所有了
还是只剩下烟　只剩下没完没了的雨
落下我的心落下

此刻咳嗽会陪着我　因此我又感到
需要一杯咖啡　润泽一下干燥的喉咙
你喝不到　我知道你不会再喝到
可能五年后吧　或者三两年

时间会给我一块空地　让我待在那里　反复练习忘记你
至少忘记你那种笑容

成功了以后　有些事情　可以在那块空地长出来
比如我会可以　好好地看着你　而不是一直点起烟来抽
那是一个新的我　我目前还不是他
或者你会是另一个你　五年很长
足以　下很多场　这样子的雨　在这种深夜

105

最后一日

最后一日
我感到哑
这世界已经有太多声音
我听不见自己
也就聋
明天是众人的
而我的昨天
此刻还属于我
我要捏着它在怀里
睡去

106

执迷

世界上有些事情
永远是这样子
天　永远和地相对
海里　永远有水
白的相反　是黑
所以这剧情　还能怎么落幕
不就是　你爱我　死心塌地
就算　我起身穿衣服的时候
心里已经想着别人　你还是这样子
就像那些永远不会改变的事情一样
不会改变　你知道　我也知道
所以　当你那样子地看着我
我没打算回应　也不会留下什么
给你　我仅仅是知道了
你　爱我并且永远爱我

107

来不及

什么都没有的时候
你在
你问我　想要晴天还是雨天
我说　雨天
你就叫来了云　淅沥哗啦雨下了起来
我坐着　听雨
什么也不肯说　像个任性的小鬼
你撑起伞　走到雨里　走了
我眼睁睁看着　来不及告诉你
我好想要你回来

这是我的个人版吧(碎念)

这是我的个人版吧
难得我也要来真心话一番

最近有一种"尽了"的感觉
第一本诗集写完了
一些事情也到了一个阶段

觉得一辈子结束了
好像就差不多是这样
写完一本诗集
事情　交代　都有了

再写
也不是原来的第一本了
也感到写不出来新的
不能出版不是什么大不了的事情

我知道自己写得不怎样　也没那么不怎么样　所以无所谓
写完比较重要得多

最后一版寄了给几个老师之后
尤其感到彻底完成
什么都结束了　暂时

2011 年 1 月 13 日于 PTT2 个人版

108

影子

带着五脏六腑的苦一起走一小段路
我的影子作为一个影子　是理所当然的人选
比草更柔韧
比光更温柔

生活就这么痊愈就这么好

109

橘子

你知道吗？
有些橘子虽然看起来橘子　但它们并不真的是橘子
因为它们就不是橘子　只是长得像而已　其实它们是柳橙

还有一些橘子　并不真心地想要当橘子
它们有自己的梦想　比如说当一颗苹果
当一颗苹果就可以脆　而当橘子不行　所以有些橘子虽然是橘子
但是它们终其一生都想着自己不是自己　虽然它们也甜美多汁

还有一些橘子从来不去想自己到底是什么
这种橘子应该要比较快乐　但是也很难说
因为什么也不想有时候令它们感觉到自己似乎有点乏味　并且
　　缺乏了哲学的深度

那么这一些橘子各怀心事的结果是什么呢？
其实也没有什么　就像各怀心事的人一样
所以人就仍旧是人　而橘子仍旧是橘子
只是它们橘橘的　圆圆的　有一些汁液　而且甜

110

你是我的梦

关于人生的一切我所不明白的
你并不解释　仿佛就是答案

听你说话　像走进清晨的薄雾
有无数细小的白色的花
远远近近　清清淡淡

当你沉默　纷乱的世间事依旧纷乱
你便只说　那是红尘

111

无感觉的幸福

遇见你以后
我才发现我有五根手指

大拇指　先用来捺下结婚所需的大红色指印
食指　数你好看的睫毛
中指　负责在黑暗中确定你的形状
无名指倒不必戴上有名的戒指

只用小指跟你打无数幼稚的勾勾
最要紧的是　说好每天都待在家里等你回来睡同一张床
并且错过世界上所有精彩的事情
这样的日子就是活了刚刚好一辈子终于等到的某种无聊日子

假动作

抽了整天的烟
眼睛渴　然后张开喉咙
说不

我只要说不
再借一条歹路
好继续想
忽略正直　诚实　体贴　等等守则
仍然是的其实

当秘密全体被不承认
等于我将它们矛盾且复杂化了
比如说静静喝一杯闪烁暗紫色光芒的葡萄酒

但如果界线是偷来的
让消息涩滞在唇间就不像诗
而潦草涂改的罪　急急追赶过来　叫了我一声："喂"

图书在版编目（CIP）数据

雨水直接打进眼睛 / 叶青著 . -- 成都：四川人民出版社 , 2017.11（2022.10 重印）
（叶青诗集）
ISBN 978-7-220-10414-5

Ⅰ. ①雨… Ⅱ. ①叶… Ⅲ. ①诗集－中国－当代 Ⅳ. ① I227

中国版本图书馆 CIP 数据核字 (2017) 第 247427 号

雨水直接打进眼睛 © 2011 叶青
中文简体字版 © 2017 银杏树下（北京）图书有限责任公司

YUSHUI ZHIJIE DAJIN YANJING: YEQING SHIJI
雨水直接打进眼睛：叶青诗集

著　　者	叶　青
选题策划	后浪出版公司
出版统筹	吴兴元
编辑统筹	梅天明
特约编辑	范纲桓　王介平
责任编辑	王其进
装帧制造	墨白空间 · 张　萌
营销推广	ONEBOOK
出版发行	四川人民出版社（成都槐树街 2 号）
网　　址	http://www.scpph.com
E - mail	scrmcbs@sina.com
印　　刷	北京天宇万达印刷有限公司
成品尺寸	143mm×210mm
印　　张	5
字　　数	92 千
版　　次	2018 年 2 月第 1 版
印　　次	2022 年 10 月第 4 次
书　　号	978-7-220-10414-5
定　　价	32.00 元

后浪出版咨询（北京）有限责任公司 常年法律顾问：北京大成律师事务所　周天晖　copyright@hinabook.com
未经许可，不得以任何方式复制或抄袭本书部分或全部内容
版权所有，侵权必究

本书若有质量问题，请与本公司图书销售中心联系调换。电话：010-64010019